中文大作戰
詞語篇

商務印書館

中文大作戰——詞語篇

主　　編：商務印書館編輯部

責任編輯：洪子平　馮孟琦

封面設計：楊愛文

出　　版：商務印書館（香港）有限公司
　　　　　香港筲箕灣耀興道 3 號東滙廣場 8 樓
　　　　　http://www.commercialpress.com.hk

發　　行：香港聯合書刊物流有限公司
　　　　　香港新界大埔汀麗路 36 號中華商務印刷大廈 3 字樓

印　　刷：中華商務彩色印刷有限公司
　　　　　香港新界大埔汀麗路 36 號中華商務印刷大廈 14 字樓

版　　次：2018 年 6 月第 1 版第 2 次印刷
　　　　　© 2015 商務印書館（香港）有限公司

ISBN 978 962 07 0375 1
Printed in Hong Kong

目錄

第 1-3 關
同義詞   1

第 4-6 關
禮貌用語   27

第 7-9 關
運用比喻的詞語   61

第 10-13 關
關聯詞   93

人物介紹

小宇

年齡：10 歲

身份：小學生

性格：活潑好動，勤奮好學

興趣：閱讀、運動

任務：接受考查詞語運用
能力的挑戰，攻克各個
詞語關卡！

同義詞

中文的詞彙豐富，有些詞語看上去，詞義接近，實則有細微區別。例如，當稱讚姐姐鋼琴彈得好時，你該用「才華」還是「才能」？父母養子女，子女養父母，哪種情況是「撫養」？哪種情況該用「贍養」？

想運用恰當的詞語來準確地表達自己的所思所想嗎？讓我們首先打倒「近義詞」這隻攔路虎吧！

第 1 關

> 下列每組句子中，填哪個詞語最合適？

1. 化妝 / 化裝

    A：在 ⌈ ⌉ 舞會上，菲菲以「黑玫瑰」造型出現，幾乎沒有人認出她來。

    B：菲菲負責前台接待工作，每天上班之前都必須 ⌈ ⌉ 。

2. 才華 / 才能

    A：總編輯賞識他的 ⌈ ⌉ ，決定開闢一個專欄來連載他的小說。

    B：陳師兄是學生會主席，他的領導 ⌈ ⌉ 大家有目共睹。

3. 豐富 / 豐盛

    A：黃教授是一位經驗 ⌈ ⌉ 的牙科醫生。

    B：慧慧最近腸胃不適，面對着這一桌 ⌈ ⌉ 的飯菜，也提不起食慾。

4. 振動 / 震動

   A：玩具廠爆炸產生了強大的衝擊力，附近的居民
   都能感到 ⬚⬚⬚ 。

   B：我們說話的聲音是由聲帶 ⬚⬚⬚ 產生的。

5. 哀求 / 請求

   A：曉玲一再 ⬚⬚⬚ 爸爸抽時間出席畢業禮，她
   的眼淚都要出來了。

   B：曉玲 ⬚⬚⬚ 老師給她兩個參加畢業禮的名
   額，讓父母一起來見證她的成長。

6. 顯現 / 呈現

   A：每到這個季節，花園裏桃紅柳綠，蜂飛蝶舞，
   ⬚⬚⬚ 出一片生機活力。

   B：霧氣逐漸消散，遠處的山巒慢慢 ⬚⬚⬚ 出
   來。

7. 會合 / 匯合

   A：潭水由山澗水 ⬚⬚⬚ 而成，水很深，但十分
   清澈。

   B：我們小組成員約定先在地鐵站 ⬚⬚⬚ ，然後
   一起去郊遊。

把魚拿下

　　蘇東坡在杭州任職時，有一天，廚子專門為他做了一條魚，正要吃的時候，他的朋友黃庭堅來了。蘇東坡隨即將魚藏到了書櫃頂上，叫廚子另外做了幾個小菜，在書房裏與黃庭堅飲酒。沒想到黃庭堅發現了書櫃上的「秘密」。

　　黃庭堅問：「你姓蘇的『蘇』字，草字頭在上，下面是『魚』和『禾』，究竟『魚』在左『禾』在右呢，還是『魚』在右『禾』在左呢？」

　　蘇東坡回答：「左右都行。」

　　黃庭堅接着問：「要是把魚放在上面呢？」

　　「那可不行，絕對不行！」

　　黃庭堅笑了，拱手請求道：「既然不行，就請你把上面的魚拿下來一起分享吧！」

二月還錢

　　張三是一個好吃懶做的無賴。有一次，他向同村李大爺借了一錠銀子，說要做點小生意。他還向李大爺保證說：「到了二月，我會連本帶利把錢還給你。」

　　過了兩個月，李大爺向張三討債，張三推脫說：「現在不是二月！」等到了來年二月，李大爺再次討債，張三又一次把他打發走，說：「現在不是我說的二月。」

　　李大爺沒辦法再忍受下去，於是到衙門告狀。衙門梁大人是個公正的好官。他了解案情之後說：「案情複雜，我需要點時間思考一下，晚上再開庭。」

　　到了晚上繼續開審。梁大人問張三：「你說的『二月』，是指年份當中的『月』，還是天上的『月』？」狡猾的張三回答：「我是指月亮，當兩個月亮出現了，就是我還錢的時候。」梁大人說：「好，現在天上有個月亮；後院水池裏還有個月亮，兩個月亮呈現在你眼前了，你必須馬上還錢！」

通關遊樂場

A. 看圖猜謎：

1.　　猜一個與美術有關的二字詞語。

2.　　猜一個漢字。

3.　　猜一個動詞。

6

請在方框中填字，所填的字與前一個字和後一個字，要分別構成一個動詞。

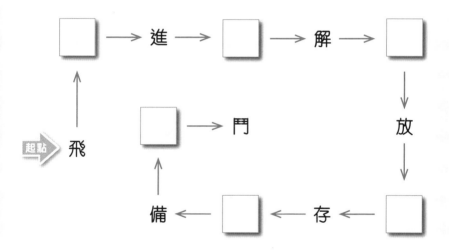

一語道破

1. A 句選 化裝 。 B 句選 化妝 。

    「化妝」與「化裝」是動詞，都有打扮的意思。

    「化妝」，用脂粉修飾面容五官，使容貌美麗。

    「化裝」，通過容貌、道具、服裝的修飾，裝扮出與原樣不同的形象。

2. A 句選 才華 。 B 句選 才能 。

    「才華」與「才能」是名詞，指有能力、特長的意思。

    「才華」，側重於文學或藝術方面的才學才藝。

    「才能」，側重於做事的才智和能力。比「才華」更常用。

3. A 句選 豐富 。 B 句選 豐盛 。

    「豐富」與「豐盛」是形容詞，都有種類多，數量大的意思。

    「豐富」側重形容物質財富、經驗學識。

    「豐盛」多形容食物。

4. A 句選 震動 。 B 句選 振動 。

    「振動」與「震動」是動詞，都有顫動的意思。

    「振動」形容物體有規則的、比較輕的運動。

    「震動」形容物體無規則的、強烈的顫動。

5. A 句選 哀求 。B 句選 請求 。

「哀求」，重點在「哀」字，強調十分可憐的樣子。

「請求」，強調鄭重地提出要求。

6. A 句選 呈現 。B 句選 顯現 。

「顯現」多指具體的事物在眼前出現。

「呈現」指事物清楚地出現在眼前，持續時間長，「呈」帶有主動展示的意思。

7. A 句選 匯合 。B 句選 會合 。

「會合」側重於人或團體的聚合。

「匯合」側重於水流、氣流的聚合，也用於抽象事物（例如意志、力量）的的匯聚。

「通關遊樂場」答案

A. 1. 寫生　　2. 默　　3. 催眠

B. 飛躍→躍進→進化→化解→解釋→釋放→放生→生存→存儲→儲備→備戰→戰鬥

過關斬將

下列每組句子中，填哪個詞語最合適？

1. **公佈 / 頒佈**

   A：政府在 ⌈ ⌉ ⌈ ⌉ 重要政策之前，都應廣泛聽取民意。

   B：學校在網上 ⌈ ⌉ ⌈ ⌉ 了藝術節的節目名單。

2. **充足 / 充沛**

   A：小志上課時總是沒精打采，但一到操場，他馬上精力 ⌈ ⌉ ⌈ ⌉ 。

   B：植物生長需要 ⌈ ⌉ ⌈ ⌉ 的陽光與養分。

3. **簡陋 / 簡樸**

   A：叔叔雖然是個富翁，但他非常節儉，仍然住在 ⌈ ⌉ ⌈ ⌉ 的老房子裏。

   B：我很欣賞這部小說 ⌈ ⌉ ⌈ ⌉ 而親切的語言風格。

4. 渡過 / 度過

A：我和妹妹在姑媽家 ⬚⬚⬚ 了一個愉快的暑假。

B：面對種種困難，公司希望員工能上下一心，共同 ⬚⬚⬚ 難關。

5. 側目 / 刮目

A：伯父終於成功地舉辦了一場個人演奏會，足以令當初嘲笑他的人 ⬚⬚⬚ 相看。

B：他拿着一條鐵棍大搖大擺地走在街上，令很多路人對他 ⬚⬚⬚ 。

6. 堅強 / 倔強

A：爺爺的艱苦童年，鍛煉了他 ⬚⬚⬚ 的意志，他從來不向困難低頭。

B：志恒個性 ⬚⬚⬚ 而衝動，不聽勸告，總是闖了禍才知道後悔。

7. 典型 / 典範

A：在同班同學中，他對事情「三分鐘熱度」的性格最 ⬚⬚⬚ 。

B：陳方安生曾說：「德蘭修女是人類的 ⬚⬚⬚ ，人們永遠懷念她。」

沮喪的故事

三個年輕人一直在小漁村裏長大，從來沒有住過城市的高樓大廈。一次他們結伴到紐約度假。他們訂了一家酒店第 42 層樓的一個套房，據說這個房間最適合欣賞紐約的夜景。

但當他們到達酒店，卻發現電梯發生了故障。酒店經理表示很遺憾，說可以退回他們的訂金，並安排他們在酒店大堂度過這一夜。

三個年輕人商量後，不甘心放棄已預訂的房間，決定走樓梯上房間。他們還約好走樓梯的過程中，輪流講笑話、唱歌，以減輕勞累。

笑話講了，歌也唱了，好不容易爬到第 38 層，雖然大家已經精疲力盡，但是想到勝利在望，還是很高興。

房間鎖匙留在樓下大堂了。

「好吧，大衛，現在輪到你講笑話了。」

大衛滿頭大汗，支吾着說：「我這故事很短，卻會使我們很沮喪：我把房間的鎖匙留在大堂了！」

房夫人吃醋

　　宰相房玄齡是唐代的開國功臣，他足智多謀，任用有才華的人，是文武百官的典範。但是他的夫人個性倔強剛烈，房玄齡很怕她。

　　一次宴席上，唐太宗賞賜了兩個美人給房玄齡。喝醉了的房玄齡收下皇帝這份「大禮」。酒醒後，房玄齡坐立不安，不知道回家如何向夫人交代此事。有大臣安慰他說，美人是皇帝送給他的，房夫人不敢怎樣的。沒想到，房夫人非常生氣，把兩個美人趕出家門。

　　唐太宗知道後，希望能幫房玄齡解決這件事。他召見房玄齡和房夫人，並準備了一壺毒酒，告訴房夫人她有兩個選擇：要麼接受賞賜；要麼喝下毒酒。出乎意料的是，房夫人不假思索，把毒酒一飲而盡。

　　原來，那一壺並非毒酒，只是一壺醋，因此房夫人沒有中毒。唐太宗很欣賞房夫人有膽識，於是收回「大禮」。

　　後來「吃醋」一詞比喻人與人之間的嫉妒情緒。

A. 中文「話」字含義豐富，「胡話」、「套話」、「廢話」、「謊話」、「悄悄話」、「恭維話」、「風涼話」，這些「話」你都能理解嗎？請你連線。

聲音很輕很輕的話 ·　　　　　　· 廢話

討好奉承的話 ·　　　　　　· 胡話

胡亂說出的話 ·　　　　　　· 風涼話

冷言冷語嘲諷話 ·　　　　　　· 悄悄話

沒有意義的話 ·　　　　　　· 謊話

哄騙別人的話 ·　　　　　　· 套話

應酬的話 ·　　　　　　· 恭維話

B. 「全」、「熱」兩字可以組成很多詞語，請分別以
「全」、「熱」起頭，在方框內填字，組成詞語。

1.

赴

□

□

位 □ ← 全 → □ 候

□

□

注

2.

天

□

□

腸 □ ← 熱 → □ 辣

□

□

火

一語道破

1. A 句選 頒佈 。B 句選 公佈 。

   「頒佈」的內容多指法令、條例等重大的,正規的文件。

   「公佈」向公眾公開法規、文告、通知等,也可以是方案、結果、成績等。

2. A 句選 充沛 。B 句選 充足 。

   「充足」多形容自然界或者具體的東西,如「充足的水分」、「充足的資源」。

   「充沛」多形容精神方面等不能展現在眼前的東西,如「充沛的體能」、「充沛的活力」。

3. A 句選 簡陋 。B 句選 簡樸 。

   「簡陋」形容房屋、設備等簡單粗陋。

   「簡樸」形容文筆、語言、生活方式等簡單樸素。

4. A 句選 度過 。B 句選 渡過 。

   「度過」,指經歷了一段時間,常見的搭配有「度過假期」、「度過童年」。

   「渡」從「氵」部,用於過江、河、湖、洋等;「渡過」也指經歷困難,常見的搭配有「渡過重洋」、「渡過黃河」、「渡過危機」、「渡過難關」。

5. A 句選 刮目 。B 句選 側目 。

   「側目」意思是不敢從正面看,斜着眼睛看,形容畏懼而又憤恨,是貶義詞。

「**刮目**」意思是用新的眼光看待，是褒義詞。

6. A 句選 **堅強**。B 句選 **倔強**。

「**堅強**」與「**倔強**」都有堅定，不可改變的意思。

「**堅強**」形容意志堅定頑強，褒義詞。

「**倔強**」形容性情剛強固執，貶義詞。

7. A 句選 **典型**。B 句選 **典範**。

「**典型**」可作形容詞或名詞，指某方面特性很具有代表性，中性詞。

「**典範**」名詞，指有榜樣作用，值得仿效，褒義詞。

「**通關遊樂場**」答案

A.
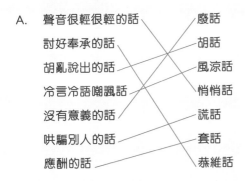

聲音很輕很輕的話	廢話
討好奉承的話	胡話
胡亂說出的話	風涼話
冷言冷語嘲諷話	悄悄話
沒有意義的話	謊話
哄騙別人的話	套話
應酬的話	恭維話

B. 1. 全方位 / 全力以赴 / 全天候 / 全神貫注

2. 熱心腸 / 熱火朝天 / 熱辣辣 / 熱情如火

過關斬將

下列每組句子中，填哪個詞語最合適？

1. **標記 / 標誌**

   A：從校長手裏接過畢業證書那一刻，〔 〕〔 〕着我的學生時代正式結束。

   B：複習時，我們可以在書中重點處做〔 〕〔 〕，有助加深記憶。

2. **倒映 / 倒影**

   A：竹筏隨水漂流，竹林和白雲〔 〕〔 〕在水中，如同仙境一般。

   B：小石頭墜入湖中，擾亂了湖面〔 〕〔 〕，激起了陣陣水花。

3. **發愁 / 憂愁**

   A：管理處通知，明晚大廈停電，我們一家人正為此事〔 〕〔 〕。

   B：淅淅瀝瀝的小雨下不停，掀起了我心中絲絲的〔 〕〔 〕。

4. 過渡 / 過度

　　Ａ：蘭蘭加班加點追趕工作進度，疲勞 ⬚⬚⬚，
　　　　病倒了。

　　Ｂ：老師指出我寫的文章，段落之間 ⬚⬚⬚ 不自
　　　　然，需要修改。

5. 極限 / 極端

　　Ａ：陸地上可耕種土地的開發已接近 ⬚⬚⬚。

　　Ｂ：長輩總是教育我們，要從不同角度思考問題，
　　　　做事不能 ⬚⬚⬚，要留有餘地。

6. 可惜 / 惋惜

　　Ａ：小雯為姐姐競賽落敗而 ⬚⬚⬚，她認為家人
　　　　給姐姐的壓力太大了。

　　Ｂ：這個漂亮的花瓶被小貓打碎了，真 ⬚⬚⬚。

7. 嘲笑 / 譏笑

　　Ａ：妹妹頭髮少，經常被人 ⬚⬚⬚ 她的辮子像棵
　　　　小葱。

　　Ｂ：丹丹的穿衣風格與眾不同，但即使被別人 ⬚⬚，
　　　　她依然我行我素。

乾隆皇巧妙拆解「夫」字

清朝的乾隆皇帝很有才華，常常與身邊的文人談古論今。

一次，乾隆與宰相張玉書到江南巡視，看見一位農夫在田間勞動，乾隆問張玉書：「這是甚麼人？」宰相回答說：「一個農夫。」乾隆接着問：「農夫的『夫』字怎樣寫？」宰相發愁了，他猜測不出皇帝這問題有甚麼用意。

過了一會，宰相回答說：「兩橫一撇一捺，轎夫之『夫』，孔夫子之『夫』，夫妻之『夫』和匹夫之『夫』都是這樣寫的。」他心想這個回答比較全面了。

乾隆搖了搖頭，說：「你對『夫』字理解不透徹啊！農夫是刨土之人，所以『夫』是上寫『土』字，下加『人』字。轎夫肩上扛竿，寫『人』字後，再加二根竿子。孔夫子上懂天文，下知地理，這個『夫』字先寫『天』字，然後出頭。夫妻成雙成對，先寫『二』字，後加『人』字。匹夫是指大丈夫，這個『夫』字是先寫『一』字，再寫『大』字。」

張玉書聽了，佩服得五體投地。

露馬腳

　　馬皇后是明太祖朱元璋的夫人，他最不滿意自己的一雙大腳，因為當時人們認為女子的腳小才算美。她貴為皇后，很擔心自己那雙大腳被人發現，惹人嘲笑，所以她平時刻意地穿上長裙來掩飾自己的腳。

　　一次，馬皇后坐轎外出，一陣大風吹過，掀起了轎簾和裙腳，露出了那雙大腳，皇后卻一點都沒察覺。路人看見了，驚訝得議論紛紛：「天啊！皇后的腳竟然那麼大！」「是啊，大得嚇人！比我家的鋤頭還大！」

　　消息很快傳開了，人們都知道馬皇后的秘密。從此，「露馬腳」一詞流傳下來，原意是露出了馬皇后的大腳，後來引申為暴露了事情的真相或發現漏洞的意思。

通關遊樂場

A. 凡事有個「度」，請問以下幾句各是甚麼「度」？

1.　一個物體有多長，叫 ☐ 度。

2.　一座房子有多高，叫 ☐ 度。

3.　必須遵守的規定，叫 ☐ 度。

4.　謙遜禮讓，叫 ☐ 度。

5.　工作的進展，叫 ☐ 度。

6.　角的大小，叫 ☐ 度。

7.　光線的強弱，叫 ☐ 度。

B.

　　傳說明朝有個縣官，欺善怕惡，無惡不作，百姓恨透了他。他得知李時珍醫術高明，登門拜訪並請李時珍為他開延年益壽的藥方。李時珍隨手為他開了藥方，縣官如獲至寶，打道回府。師爺見多識廣，他一看藥方，說：「大人，李時珍開這個藥方罵你呢！」

請你仔細讀以下藥方，你能讀懂李時珍的用意嗎？

柏子仁三錢	官桂三錢	益智二錢	八角二錢	台烏三錢	山藥二錢
木瓜二錢	柴胡三錢	附子三錢	人參一錢	上黨三錢	

一語道破

1. A 句選 標誌 。 B 句選 標記 。

  「標誌」可以用作動詞和名詞，多與抽象事物搭配，如「成功的標誌」、「繁華的標誌」。

  「標記」名詞，用於具體的事物，如「符號標記」、「提示標記」。

2. A 句選 倒映 。 B 句選 倒影 。

  「倒影」和「倒映」可以用下面的方法來區分：

  「倒影」是名詞，當中「影」指「影子」。

  「倒映」是動詞，當中「映」指「照射」。

3. A 句選 發愁 。 B 句選 憂愁 。

  「發愁」指感到憂慮，是動詞。

  「憂愁」憂慮愁苦，可以做名詞或者形容詞。

4. A 句選 過度 。 B 句選 過渡 。

  「度」本是計量單位，例如可用於描述溫度、角度；「過度」是形容詞，指超過限度。

  「渡」從「氵」部，「過渡」是動詞，指從岸的一頭到另一頭；又指事情從一個階段到另一階段發展轉變。

5. A 句選 極限 。 B 句選 極端 。

  「極限」多用作名詞，指最大限度。

  「極端」，一般用作形容詞或副詞，指發展到頂點的狀

態，常見搭配如「極端的舉動」、「極端的想法」、「行為極端」。

6. A 句選 惋惜 。B 句選 可惜 。

「可惜」與「惋惜」都有令人感到遺憾的意思。

「惋惜」常與人的不幸遭遇或重大事件搭配，感情比「可惜」更強烈。

7. A 句選 嘲笑 。B 句選 譏笑 。

「嘲笑」與「譏笑」都有取笑別人的意思，程度輕重不同。

「嘲笑」是一般取笑，通常不含有惡意，程度比較輕。

「譏笑」帶有諷刺挖苦的意思，程度較重。

「通關遊樂場」答案

A. 1. 長度 2. 高度 3. 制度 4. 風度 5. 進度 6. 角度 7. 亮度

B. 柏木棺材一副，八人抬上山。

禮貌用語

　　中國是禮儀之邦，在日常生活中，中國人很注重使用禮貌用語。傳統的禮貌用語有敬詞和謙詞之分。通常，對別人使用敬詞；對自己使用謙詞。敬詞和謙詞如果使用不當，不但會失去表示禮貌的本意，還會引出笑話。

　　原來敬詞和謙詞中有這麼多學問，小宇非常感興趣呢！他已經迫不及待要開始闖關了，你也一起來吧！

過關斬將

比較下列幾組詞語，這些詞語適用於甚麼場合？
句子中填哪個詞語最合適？

1. 令尊 / 令堂 / 令郎 / 令愛

   俗話說「女大十八變」，說不定 ⬚⬚⬚ 將來是個大美人。

2. 拜訪 / 拜託 / 拜服 / 拜讀

   昨天，老師帶我 ⬚⬚⬚ 了一位八十多歲的老中醫。

3. 惠顧 / 惠存 / 惠臨 / 惠贈

   本店有大量的新品面市，歡迎 ⬚⬚⬚ 。

4. 恭候 / 恭賀 / 恭迎 / 恭喜

   熱烈 ⬚⬚⬚ 我校田徑隊在大學生運動會上勇奪佳績。

5. 奉送 / 奉告 / 奉還 / 奉陪

   伯父暑假將從加拿大回來探親，爸爸說：「您放心，我一定 ⬚⬚⬚ 。」

6. 垂愛 / 垂青 / 垂詢 / 垂念

   學校本學期開放日定於 5 月 3 日，歡迎家長光臨 ⬚
   ⬚ 。

7. 高足 / 高就 / 高見 / 高壽

   新項目的發展方案還沒有確定，希望各位同事提出
   ⬚⬚⬚ 。

8. 貴幹 / 貴庚 / 貴姓 / 貴子

   我要跟先生確認一下個人資料，請問先生 ⬚⬚⬚ ？

9. 敬告 / 敬賀 / 敬候 / 敬請

   下學期的課程安排已在校園網頁上公佈，⬚⬚⬚ 全
   體師生留意。

10. 雅教 / 雅意 / 雅正 / 雅鑒

    感謝各位專家光臨我的書法展，作品得到你們的 ⬚
    ⬚ ，我感到十分榮幸。

難得，難得

一個吝嗇的主人在宴客前私下叮囑僕人：「我們以敲桌子為暗號，敲一下桌子，你就斟一回酒。」主人打算用這個方法，控制斟酒的次數，省點酒錢。

這個秘密被一個客人知道了，席間，他故意捉弄主人，問：「令堂高壽？」

主人答：「七十有三。」

客人敲桌，激動地說：「難得！」然後舉杯一飲而盡。

僕人聽到敲桌子聲，馬上斟酒。客人又問：「令尊高壽？」

主人答：「八十有四。」

客人又敲桌子，感歎道：「更難得！」再次舉杯一飲而盡。僕人又上前斟酒。

這時，主人可心痛了，說：「你該喝夠了吧！」

無恙——沒有病痛

「無恙」是與友人見面（或書信）的問候語，意思是沒有病痛。

在遙遠的古代，人們還沒有房屋居住，風餐露宿。生活在野外，人們容易受到蚊蟲叮咬。其中有一種毒蟲，叫恙蟲，細小不容易被人看見，喜歡生長在陰暗潮濕的草叢或農作物上，夏季和秋季最為活躍。人如果被恙蟲叮咬，感染病毒，輕則中毒發熱，重則喪命。

因此，露宿野外的人們，睡醒第一件事情，就是互相問候：「是否無恙？（有沒有被恙蟲叮咬？）」「無恙」一詞就是這樣產生的。後來指沒有病痛的意思，再而引申為沒有禍事，沒有憂慮的意思。現在我們問候對方「別來無恙？（分別以來一直安好嗎？）」，不僅僅是關心對方身體，也關心是否一切順利。如果身體有點小毛病，會說「身體微恙」。

無恙？

故事留聲機

通關遊樂場

A.

一群小學生在敬老院裏做義工。娜娜和
三位老人聊天,問老人高壽。老人笑着沒
有回答,老人分別在地上各寫了一個字:
「本」、「米」、「末」,你能幫娜娜猜出三位
老人的年齡嗎?

爸爸在外地出差兩個月，源源很想念爸爸，給爸爸寫了一封信，當中有八處誤用詞語的現象，請你找出來並加以修改。

我苦思冥想的爸爸：

　　你好！近來身體是否力大如牛？工作是否如火如荼？

　　這段時間我奮不顧身地學習。老師在班裏表揚我勞苦功高，我沾沾自喜。但是老師也批評我經常濫用詞語的惡習，我今後一定注意改正，不讓老師和父母痛心。

　　祝

萬事如意！

　　　　　　　　　　兒子：源源

　　　　　　　　　　2014 年 9 月 10 日

一語道破

敬詞，也稱「敬辭」或「敬語」，是帶有尊敬口吻的用語，在日常交際，特別是書信中常用。使用敬詞，對方通常是長輩、上級，受到崇拜或敬重的人。敬詞也是對別人的禮貌用語，使用敬詞，往往能體現自身的修養。

1. 令愛

   「令」字頭的敬詞，用於稱呼對方的親屬。

   令尊：稱呼對方的父親。

   令堂：稱呼對方的母親。

   令郎：稱呼對方的兒子。

   令愛：稱呼對方的女兒。

2. 拜訪

   「拜」字頭的敬詞，「拜」後面跟一個動詞，指這個動作行為涉及對方。

   拜訪：看望對方。

   拜託：委託對方做事。

   拜服：佩服對方。

   拜讀：閱讀對方的文章或書信。

3. 惠顧

   「惠」字頭的敬詞，「惠」後面跟一個動詞，指請求或者感謝對方某個舉動。

   惠顧：對方光顧（多用於商店對顧客）。

惠存：對方保存（多用於送人相片、書籍等紀念品時，題字請對方保存）。

惠臨：對方光臨。

惠贈：對方贈與。

4. 恭賀

「恭」字頭的敬詞，「恭」後面跟一個動詞，指恭敬地向對方做某事。

恭候：恭敬地等候對方。

恭賀：恭敬地祝賀對方，多數用在書面語中。

恭迎：恭敬地迎接對方。

恭喜：恭敬地祝賀對方的喜事，多數用在口語中。

5. 奉陪

「奉」字頭的敬詞，「奉」後面跟一個動詞，指懷着敬意向對方做某事。

奉送：恭敬地贈送。

奉告：恭敬地告訴、表達。

奉還：恭敬地歸還。

奉陪：恭敬地陪伴。

6. 垂詢

「垂」字頭的敬詞，後面通常跟一個動詞，表示別人對自己的關注。

垂愛：指受到對方的愛護。

垂青：指受到對方的重視（古人稱黑眼珠為「青眼」，黑眼珠正視對方，表示尊重，重視。如果對人翻白眼，代表沒有禮貌，看不起別人）。

垂詢：指受到對方的詢問。

垂念：指受到對方的記掛關心。

7. 高見

「高」字頭的敬詞，後面通常跟一個名詞，稱與對方有關的事物。

高足：指對方的學生。

高就：指對方的職位。

高見：指對方的見解。

高壽：用於問對方的年齡（對方通常是老年人）。

8. 貴姓

「貴」字頭的敬詞，後面通常跟一個名詞，稱與對方有關的事物。

貴幹：問對方要做甚麼。

貴庚：問對方的年齡。

貴姓：問對方姓甚麼。

貴子：稱對方的兒子（含有祝福的意思，如「早生貴子」）。

9. 　敬請

「敬」字頭的敬詞，後面通常跟一個動詞，指恭敬地向對方做某事。

敬告：指恭敬地告訴對方。

敬賀：指恭敬地祝賀對方。

敬候：指恭敬地等候對方。

敬請：指恭敬地邀請或請求對方。

10. 　雅鑒

「雅」字頭的敬詞，後面通常跟一個動詞，稱對方的情意或舉動。

雅教：稱對方的指教。

雅意：稱對方的情意或意見。

雅正：稱對方的指正、指教。

雅鑒：稱對方的鑒賞、鑒別。

A. 本——八十一（「本」字拆開，撇捺為「八」，橫豎為「十」，
   最下面一橫為「一」）

   米——八十八（「米」字拆開，撇捺為「八」，橫豎為「十」，
   最上面點撇倒過來為「八」）

   末——八十一（「末」字拆開，撇捺為「八」，橫豎為「十」，
   最上面一橫為「一」）

B. 苦思冥想 → 思念　　力大如牛 → 安康　　如火如荼 → 順利

   奮不顧身 → 爭分奪秒　　勞苦功高 → 學習進步

   沾沾自喜 → 很受鼓舞　　惡習 → 毛病　　痛心 → 失望

過關斬將

比較下列幾組詞語，這些詞語適用於甚麼場合？句子中，填哪個詞語最合適？

1. 薄技 / 薄酒 / 薄禮 / 薄面

   請各位鄉親給我幾分 ⬚⬚⬚，這件事情不要再追究了。

2. 不才 / 不敏 / 不敢當

   攝影只是我的業餘愛好，「攝影師」的稱呼我實在 ⬚⬚⬚⬚。

3. 家嚴 / 家父 / 家慈 / 家母

   ⬚⬚⬚ 生育了七個孩子，辛辛苦苦地把我們撫養成人。

4. 拙見 / 拙筆 / 拙作（拙著）/ 拙荊

   剛才我在會議上提出的 ⬚⬚⬚，請大家繼續討論，提出寶貴意見。

5. 小兒 / 小女 / 小弟 / 小店

　　□□□ 新開張，請大家多多捧場！

6. 虛懷若谷 / 不吝賜教 / 鼎力相助

　　今天我們家中的水管爆裂，多得鄰居 □□□□
　　□□ ，否則後果不堪設想。

7. 高朋滿座 / 大材小用 / 洗耳恭聽

　　程教授熱情好客，家中經常 □□□□ 。

8. 拋磚引玉 / 雕蟲小技 / 班門弄斧

　　我剛才的表演只是 □□□□□□ ，獻醜了。

9. 區區此心 / 聊表寸心 / 不足掛齒

　　不用客氣，我幫你這個忙只是舉手之勞，□□□□
　　□□ 。

10. 才疏學淺 / 望塵莫及 / 笨鳥先飛

　　我這次獲獎，並不是我比別人優秀，只是 □□□□
　　□□ 罷了。

「貴庚」與「年高」

　　老徐很怕他的妻子。一天，妻子不在家，老徐吃了一盒年糕。妻子發現了很生氣，因為那盒年糕是為過年準備的。妻子把他狠罵一頓，罰他跪到半夜三更才可以睡覺。

　　老徐很苦惱，在街上找算命先生給自己算命。

　　算命先生問：「請問貴庚？」

　　老徐答：「跪到三更。」

　　算命先生搖搖頭，說：「我不是問你下跪的事。你年高幾何？」

　　老徐忙說：「我只吃了一盒。」

　　「貴庚」是問對方年齡的敬詞。「年高幾何」是問長輩年齡。老徐根本聽不懂算命先生這些書面語，二人「雞同鴨講」，鬧出笑話。

大材小用

龐統是三國時代的名將。龐統投奔劉備，劉備見他相貌平平，就安排他做一個地方縣令。龐統上任後，整天只顧着喝酒，並不處理公務。劉備聽說了很生氣，就派張飛去看看到底是怎樣一回事。

張飛來到當地，官員都出城迎接，就是不見縣令龐統。官員說：「縣令大人酒醉未醒，因此沒到來迎接！」張飛聽了大怒，上門找龐統，問：「你這個縣令，為何整天飲酒，卻不處理公務？」龐統說：「小小一個縣城，一百天裏發生的事情，我一日可以處理妥當。」他命手下拿來所有未處理的文案，當場就處理起來。

龐統做事非常有條理，很快就把事情逐一處理好。看到他不費吹灰之力把公務處理完畢，張飛佩服不已。回去之後，張飛在劉備面前盛讚龐統，說讓龐統做縣令，實在是大材小用。不久，劉備重用龐統。

成語「大材小用」，是指人才使用不當，浪費人才。

通關遊樂場

A. 根據下列圖中的情景，如果你是當中的年輕人，你該用甚麼敬語回應老者呢？

1.

破費了！

2.

我有一點小建議。

3.

打攪你了。

　　小嵐 10 歲生日派對上，爸爸的一位外國朋友也來祝賀。外國朋友讚小嵐長得漂亮，爸爸笑着說：「哪裏哪裏！」結果外國朋友滔滔不絕地說：「小嵐頭髮烏黑，膚色白淨，眼睛大，鼻子高⋯⋯」大家聽了哈哈大笑，外國朋友莫名其妙。你知道為甚麼嗎？請你說明一下原因。

哪裏哪裏！

一語道破

謙詞，是帶有謙虛、恭敬口吻的詞語，在日常交際，特別是書信中常用。通常針對自己而使用謙詞，令別人覺得受到尊重。

1.　薄面

「薄」字頭謙詞，後面通常跟一個名詞，稱與自己有關的事物。

薄技：謙稱自己的技能。

薄酒：謙稱自家的酒酒味淡，多用於宴請客人的場合。

薄禮：謙稱自己送的禮物不豐厚。

薄面：謙稱自己的情面薄，多用於替人求情的時候。

2.　不敢當

「不」字頭謙詞，謙稱與自己有關的人或事物。

不才：謙稱自己沒有才能。

不敏：謙稱自己不聰明。

不敢當：謙稱自己承受不起（對方的讚賞或盛情招待）。

3.　家慈 / 家母

「家」字頭謙詞，謙稱自己的某些家庭成員。

家嚴：對別人稱自己的父親。（人們常說「嚴父慈母」，因此稱父親為「家嚴」。）

家父：對別人稱自己的父親。

家慈：對別人稱自己的母親。（人們常說「嚴父慈母」，因此稱母親為「家慈」。）

家母：對別人稱自己的母親。

4. 拙見

「拙」字頭的謙詞，後面通常跟一個名詞，謙稱與自己有關的事物。

拙見：謙稱自己的看法和見解。

拙筆：謙稱自己的文章或字畫。

拙作（拙著）：謙稱自己的文章，著作。

拙荊：對別人謙稱自己的妻子。（「荊」在古代曾用作婦女的髮釵，稱「荊釵」，後來用「拙荊」稱自己的妻子。）

5. 小店

「小」字頭的謙詞，後面通常跟一個名詞，謙稱與自己有關的人或事物。

小兒：對別人謙稱自己的兒子。

小女：對別人謙稱自己的女兒。

小弟：（男性）對別人謙稱自己。

小店：謙稱自己經營的店舖。

6. 鼎力相助

這一組詞語屬於敬詞，用於讚賞對方或感謝對方。

虛懷若谷：胸懷像山谷一樣深廣。用於表揚對方謙虛，有度量。

不吝賜教：不吝嗇自己的經驗，給予教導。用於向別人徵求意見或請教問題，感謝對方的指點教導。

鼎力相助：指別人對自己大力幫助。用於向別人求助，或者感謝對方幫助。

7. 高朋滿座

這一組詞語屬於敬詞，用於讚賞對方。

高朋滿座：高貴的朋友坐滿了席位。稱讚主人有面子，賓客多。

大材小用：稱讚對方很有才能，只擔任低下的職位，實在是浪費人才。

洗耳恭聽：清理耳朵，恭敬地聽講，形容認真地聽人講話。

8. 雕蟲小技

這一組詞語屬於謙詞。

拋磚引玉：比喻用自己粗淺的看法，換回別人高明的意見。

雕蟲小技：謙說自己的技能小而普通，不值得說出來。

班門弄斧：比喻在行家面前賣弄本領。

9. 不足掛齒

這一組詞語屬於謙詞。

區區此心：微小而不值得提出的心意。區區：指微小。

聊表寸心：略微地表達一點心意。聊：略微。寸心：微薄的心意。

不足掛齒：不值得一提。（得到別人讚賞或感謝後，常用這詞表示自己的謙虛。）

10. 笨鳥先飛

這一組詞語屬於謙詞。

才疏學淺：學識才能淺薄（用於自謙）。

望塵莫及：和對方比起來，差得遠了。（謙虛地說自己遠遠落後，比不上對方。）

笨鳥先飛：比喻能力差的人為免落後，提早行動，提早付出努力。

「通關遊樂場」答案

A. 圖 1. 請笑納　　圖 2. 請賜教　　圖 3. 蓬蓽生輝

B. 爸爸說的「哪裏哪裏！」，表示謙虛。此處「哪裏」不是疑問詞，但是外國朋友以為小嵐爸爸問「哪裏漂亮？」所以他具體的逐樣描述出來，引出笑話。

第 6 關

過關斬將

比較下列幾組詞語，這些詞語適用於甚麼場合？
句子中填哪個詞語最合適？

1. 泰山 / 東牀 / 桃李 / 杏林

   吳老師從教三十年，現在當然是 ⬚⬚⬚ 滿天下。

2. 鬚眉 / 手足 / 巾幗 / 同窗

   穆桂英向來是 ⬚⬚⬚ 英雄的典型。

3. 社稷 / 桑梓 / 口碑 / 汗青

   這家旅行社的 ⬚⬚⬚ 很好，參團的話需要提早一個
   月預約。

4. 而立 / 不惑 / 花甲 / 古稀

   爺爺年過 ⬚⬚⬚ ，但是身體硬朗，性格活潑，是我
   們家的「老頑童」。

5. 布衣 / 月老 / 鼻祖 / 千金

   甲骨文被認為是漢字的 ⬚⬚⬚ 。

6. 幸會 / 久違 / 久仰

   ☐☐☐ 賈平凹大名，這次在書展上我終於有幸一睹他的風采。

7. 包涵 / 見諒 / 海涵

   我說話比較直接，如果有甚麼得罪的地方，請各位多多 ☐☐☐ 。

8. 借光 / 叨光 / 託福

   感謝你的關心，☐☐☐ ，弟弟的腳傷已經痊癒。

9. 煩請 / 勞駕 / 拜託

   我旅行期間，請你照顧我的小貓，☐☐☐ ！

10. 告辭 / 留步 / 失陪

   回家的路我很熟悉，你不用送我了，請 ☐☐☐ 。

為何稱女婿為「東牀」

「東牀」是女婿的別稱，原來「東牀」的來源，與東晉書法家王羲之有關。

王羲之是丞相王導的姪兒，有一天，太傅（古代輔佐皇帝的官）派自己的學生到王丞相府中，希望在王家的幾位公子中挑選一位做太傅的女婿。府中各位年輕公子一早聽說太傅的千金年輕貌美，都期待自己有幸被選中，於是鄭重地換好衣服去見客人，除了王羲之。

王羲之對此事毫不在意，仍然我行我素，躺在牀上休息，沒有出去拜見客人。太傅的學生回府稟告太傅說：「王家的幾位公子還不錯，但聽說太傅選婿，都有些拘謹，只有一位公子仍然躺在東側房間的牀上，似乎毫不知情。」

沒想到太傅點頭道：「這正是我要選的女婿！」從此，人們便把女婿稱為「東牀」。

窮姑娘借光

在一個村子裏，姑娘們晚上會聚在一起，共用一盞油燈，做點針線活幫補家計。

她們有一個約定，就是姑娘們輪流拿出自家的油燈和油。其中有一個姑娘，家裏實在太窮，連油燈都沒有。時間長了，大家都認為窮姑娘佔了大家的便宜，要趕她走。

窮姑娘苦苦哀求道：「我雖然拿不出油燈和油，但是每天我都提早來到這裏，搞清潔，倒茶水，讓大家有一個舒服的工作環境。再說，我只是『借光』而已，沒有消耗更多的燈油，沒有影響大家的工作，懇請各位讓我留下！」

大家覺得窮姑娘的話有道理，不過是借點燈光而已，誰也沒有吃虧，於是允許窮姑娘繼續留下來。

通關遊樂場

A. 生活中，還有很多東西都有別的稱呼，例如，
有人把「酒」說成「杯中物」。你知道下列詞語
其實是指甚麼嗎？

1. 長蟲 ⇨ 　　　

2. 魚雁 ⇨ 　　　

3. 金風 ⇨ 　　　

4. 沙彌 ⇨ 　　　　

5. 出恭 ⇨ 　　　

6. 叫花子 ⇨

　　商店門前來了兩位客人，店主笑嘻嘻地恭迎。一位客人說：「我要買東西，『遠看像座山，近看不是山，上面水直流，下面有人走』。」店主點點頭：「歡迎，歡迎！」另一個客人說：「我需要的東西是『又扁又圓肚子空，人們用它要低頭，摸臉搓手又鞠躬』。」店主嘻嘻笑：「請進，請進！」

　　你知道兩位客人要買甚麼嗎？請你幫客人從貨架上拿出他們需要的商品。

第一位客人：＿＿＿＿＿＿＿＿＿

第二位客人：＿＿＿＿＿＿＿＿＿

一語道破

對一些人或者事物，除了我們常用的稱呼以外，還有一些另外的稱呼，我們稱之為「別稱」。這些別稱多數源於有趣的典故或民間風俗，這些別稱常見於書面語中，可以使語言顯得更文雅，體現中國文化傳統。

1. 桃李

泰山：岳父的尊稱。泰水：岳母的尊稱。

東牀：指女婿。

桃李：指學生。所謂「十年樹木，百年樹人」，「桃李」正是「百年樹人」的結果。

杏林：醫生的尊稱。「杏林之家」指醫生世家。

2. 巾幗

鬚眉：指男子。按照古時審美準備，男人以鬍鬚、眉毛濃密為美。故以鬚眉代稱男子。

手足：指兄弟。所謂「兄弟如手足」，有好兄弟給予幫忙，如同人增加了手和腳，事情就容易做成功。

巾幗：女子的尊稱。巾幗本是一種古代貴族女性的頭飾。「巾幗英雄」指女中豪傑。

同窗：同學，校友。稱對方為「同窗」比稱「同學」情意更深厚。

3. 口碑

社稷：指國家。「社」和「稷」原指兩位神。君王拜祭社稷祈求國家風調雨順。後來「社稷」指國家。

桑梓：指故鄉。有一種說法是：家鄉住宅旁的桑樹和梓樹是父母種的，稱家鄉為「桑梓」，含有一種思鄉、掛念親人的情感。

口碑：人們口頭稱頌，好像刻在石碑上的文字一樣。指眾人口頭頌揚。

汗青：指史冊。古時事情記在竹簡上。「汗青」指製作竹簡時首先烤乾青竹上的水分，便於書寫及防蟲蛀。後來又有文天祥的著名詩句「留取丹心照汗青」。

4. 古稀

而立：「三十而立」，指人到了三十歲，對未來發展方向有定位。

不惑：「四十不惑」，指人到了四十歲，能明辨事理，不會感到迷茫。

知命：「五十知命」，指人到了五十歲，人生經驗豐富，能看清事物的真相。

古稀：「七十古稀」，指人能活到七十歲，自古以來都很難得。

5. 鼻祖

布衣：指平民百姓。古代平民只能穿粗布衣服；貴族穿絲織品。

月老：指媒人。月老本是神話傳說中掌管人間姻緣的神。

鼻祖：指創始人。

千金：尊稱他人的未婚女兒。「千金」本意含貴重的意思，稱女兒為「千金」，就有嬌貴、憐愛之意。

6. **久仰**

這組詞語常用於與別人會面時。

幸會：與對方見面很榮幸。（用於與長輩或地位高的人初次見面的場合。）

久違：好久不見了。（用於久別重逢的場合。）

久仰：仰慕對方，一直都未能見面。（對對方有所知曉，但一直沒有見面或認識。）

7. **包涵**

這組詞用於請求對方體諒、原諒。

包涵：包容，原諒。（「涵」，包容。）

見諒：請對方諒解。

海涵：像海一樣包容，比喻寬容原諒。

8. **託福**

這組詞屬於得到對方問候、關照、款待時的客氣話。

借光：沾了對方的光。用於請別人提供幫助，或分享別人榮譽時。

叨光：沾了對方的光。因為對方而獲得好處，表示感謝。

託福：因為對方的福氣，而使自己幸運。多用於回答別人對自己的問候。

9. 拜託

這組詞用於向對方發出請求。

煩請：勞煩，請求。

勞駕：勞煩幫忙。

拜託：恭敬地委託對方辦事。

10. 留步

這組詞用於告別。

告辭：告別，辭行。

留步：停步。（告別時，請對方不用送行。）

失陪：因一些原因不能陪伴對方。

「通關遊樂場」答案

A. 1. 蛇　2. 書信　3. 秋風　4. 小和尚　5. 上廁所　6. 乞丐

B. 第一位客人：雨傘

　　第二位客人：臉盆

關外話

敬詞和謙詞的使用有一定的規範，總的原則是對別人要「敬」；對自己要「謙」。以下列出常用敬詞和謙詞的使用口訣：

稱人父親說「令尊」；稱己父親說「家父」；
稱人母親說「令堂」；稱己母親說「家母」；
稱人兒子說「令郎」；稱己兒子說「犬子」；
稱人女兒說「令愛」；稱己女兒說「小女」；
初次見面說「久仰」；好久不見說「久違」；
請人指點說「指教」；求人原諒說「見諒」；
求人幫忙說「勞駕」；麻煩別人說「打擾」；
請人辦事說「拜託」；探訪別人說「拜訪」；
等候客人說「恭候」；無暇陪客說「失陪」；陪伴朋友說「奉陪」；
問人來意說「貴幹」；問人姓氏說「貴姓」；客人到訪說「光臨」；
歡迎詢問說「垂詢」；得人愛護說「垂愛」；
歡迎購買說「惠顧」；稱人贈予說「惠贈」；請人保存說「惠存」；
送人禮物說「笑納」；歸還原物說「璧還」；
稱人之家說「貴府」；稱己之家說「寒舍」；
讚人見解說「高見」；稱己見解說「拙見」；
向人祝賀說「恭喜」；求人解答用「請問」；老人年齡叫「高壽」。

運用比喻的詞語

在漢語詞彙中，有一類詞語特別有意思，這類詞語當中運用了「比喻」手法，令詞語的內涵更加豐富，更有表現力。

小宇知道「母老虎」，也知道「落湯雞」，卻不知道甚麼是「炮筒子」、「炸子雞」。在這一關，他將會碰到許多這種妙趣橫生的詞語，可真要開動腦筋好好猜一猜！趕快開始闖關吧！

過關斬將

1. **紙老虎 / 母老虎 / 笑面虎 / 攔路虎**

   他是名副其實的 ⌐ ⌐ ⌐ ⌐ ，我們不要被他虛偽的笑臉蒙蔽了。

2. **落水狗 / 哈巴狗 / 喪家犬 / 癩皮狗**

   在公司，有閒言碎語說楊迪是老闆的 ⌐ ⌐ ⌐ ⌐ ，一天到晚圍在老闆身邊轉。

3. **應聲蟲 / 寄生蟲 / 蛀米蟲**

   失業兩年後，小斌終於振作起來努力找工作，不想再做家裏的 ⌐ ⌐ ⌐ 。

4. **老黃牛 / 開荒牛 / 初生犢**

   老張是工廠的 ⌐ ⌐ ⌐ ，每天他最早來到工廠，最後一個離開。

5. **落湯雞 / 鐵公雞 / 炸子雞**

   上學路上突然下大雨，我們都成了 ⌐ ⌐ ⌐ 。

1. 愛財如命 / 暴跳如雷 / 如魚得水 / 揮金如土

   他 ⬚⬚⬚⬚⬚ ，你休想從他手裏借到一分一毫。

2. 門庭若市 / 呆若木雞 / 口若懸河 / 虛懷若谷

   小峰每次說起電子遊戲就 ⬚⬚⬚⬚⬚ ，一時半刻停不下來。

3. 柔情似水 / 繁花似錦 / 歸心似箭 / 驕陽似火

   想起出門時忘記關水龍頭了，媽媽 ⬚⬚⬚⬚⬚ ，往家的方向趕去。

4. 如膠似漆 / 如花似玉 / 如狼似虎 / 如飢似渴

   這對雙胞胎姐妹感情深厚，總是出雙入對，⬚⬚⬚⬚ 。

5. 虎背熊腰 / 龍飛鳳舞 / 作繭自縛 / 狼吞虎嚥

   這張請帖的字寫得 ⬚⬚⬚⬚⬚ ，很有氣勢！

如何對付應聲蟲？

傳說有一個讀書人，他得了一個怪病，只要他開口說話，肚子裏就會傳出一個聲音與他應和，讀書人說甚麼，那個聲音就應甚麼。開始那個聲音很小，後來越來越大，令讀書人很苦惱。讀書人看了很多醫生，都沒有治好這個怪病。

一天，讀書人遇到一位道士，道士得知讀書人的困擾後，對他說：「你肚子裏住着一條應聲蟲。你想要除蟲，就得拿一本草藥書，逐一讀出書中藥名。當你讀到應聲蟲不敢應和的那種藥，就買那種藥服下，保管藥到蟲除。」

讀書人依照道士的方法去做，當他讀到一種叫「雷丸」的草藥時，肚子裏的聲音居然停了。於是他服下用雷丸熬製的湯藥，果然把怪病治好了。

呆若木雞

周宣王喜好鬥雞，請了一個叫紀子的人，專門訓練鬥雞。

過了十天，周宣王向紀子詢問訓練情況，紀子說，這隻雞看起來氣勢洶洶的，其實沒有底氣。又過了十天，周宣王再次詢問，紀子說還不行，因為牠看到別的雞，馬上緊張起來。再了十天，紀子的答覆還是不行，因這隻雞目光炯炯，氣勢未消。

又過了十天，紀子終於說差不多了，雞已經有些呆頭呆腦、不動聲色，看上去就像木頭雞一樣，說明牠已經進入鬥雞的完美精神境界了。齊宣王把這隻雞放進鬥雞場。別的雞一見到這隻「呆若木雞」的新對手，掉頭就跑。

這隻「呆若木雞」的雞，不是真呆，只是看起來呆，實際上隱藏着很強的戰鬥力。鬥雞的最高境界是「呆若木雞」。

「呆若木雞」其實是形容因恐懼或驚異而發愣的樣子。這個成語故事，讓人不由自主地想起「大智若愚」、「大巧若拙」、「大勇若怯」。

通關遊樂場

A. 你能分辨清楚，以下動物的住處的特別稱呼嗎？請你給牠們安家吧。

例：鳥的住處——巢

兔的住處——⬜　　　　狗的住處——⬜

豬的住處——⬜　　　　蛇的住處——⬜

虎的住處——⬜　　　　牛的住處——⬜

馬的住處——⬜

1.

2.
膽

3.
床前明月光

一語道破

A. 這類名詞隱藏着比喻手法在當中，詞義中含有比喻義。例如：「紙老虎」一詞，不是「老虎」那麼簡單，要思考：「像紙做的老虎一樣」具有甚麼特點？

1. 笑面虎

   紙老虎：紙做的老虎，比喻虛有其表，外表強大而實質虛弱的人。

   母老虎：雌性老虎，比喻言行氣勢洶洶，非常強悍的女性。

   笑面虎：展露着笑臉的老虎，比喻外表和善，內心狠辣的人。

   攔路虎：攔住去路的老虎，比喻前進路上的巨大障礙和困難。

2. 哈巴狗

   落水狗：落在水裏的狗，比喻處於落魄的境況，狼狽不堪的人。

   哈巴狗：搖尾乞憐的哈巴狗，比喻那種是命令就服從，不敢有半點違抗，對上司一味討好奉承的人。

   喪家犬：沒有主人，沒有家的狗，比喻無依無靠，孤苦伶仃的人。

   癩皮狗：厚着臉皮的癩皮狗，比喻不要臉，死纏爛打的人。

3. 寄生蟲

　　應聲蟲：比喻隨聲附和的人，別人說甚麼他就說甚麼。

　　寄生蟲：比喻依賴別人，自己不願努力的人。

　　蛀米蟲：掠奪別人勞動成果的人。

4. 老黃牛

　　老黃牛：比喻埋頭苦幹，不計較得失的人。

　　開荒牛：比喻勇往直前的拓荒者。

　　初生犢：剛出生的小牛，比喻思想單純，勇敢無畏的年輕人。

5. 落湯雞

　　落湯雞：落在水中的雞，比喻渾身濕透的人。

　　鐵公雞：來自歇後語「鐵公雞———毛不拔」，比喻吝嗇的人。

　　炸子雞：本是一道菜，香脆的炸雞。比喻很受人們歡迎和追捧的人。

B. 大多數成語只有四字，卻又很深的寓意，可謂高度濃縮，有些成語還包含修辭手法在內，令人感歎中國語言的精妙！運用了比喻手法的成語，會更加形象生動，更具表現力。

1. **愛財如命**

   這組成語運用比喻手法，帶有比喻詞「如」。

   愛財如命：把「愛財」比作愛惜生命，形容極端吝嗇。

   暴跳如雷：像打雷一樣猛烈地跳起來，形容又急又怒。

   如魚得水：像魚得到水一樣，形容遇到投契的人或合適的環境。

   揮金如土：揮霍錢財像泥土一樣，形容用錢沒有節制，濫用錢財。

2. **口若懸河**

   這組成語運用比喻手法，帶有比喻詞「若」。

   門庭若市：門前院子的人多得像市場一樣，形容來往人多，熱鬧。

   固若金湯：堅固得如同金屬建的城牆，充滿滾燙的水的護城河一樣，形容無比堅固。

   口若懸河：說話像瀑布一樣奔流傾瀉，形容能言善辯，滔滔不絕。

   虛懷若谷：胸懷像山谷一樣深廣，形容十分虛心，胸懷開闊。

3. **歸心似箭**

   這組成語運用比喻手法，帶有比喻詞「似」。

   柔情似水：情懷像水一樣溫柔，形容溫情脈脈。

繁花似錦：茂盛的花朵像彩色的錦緞，形容美好的景色。

歸心似箭：歸家的心情像射出的箭一樣，形容迫不及待的歸家心情。

驕陽似火：太陽像熊熊烈火，形容太陽猛烈，天氣炎熱。

4. 如膠似漆

這組成語都帶有比喻詞「如……似……」。

如膠似漆：像膠和漆一樣黏在一起，形容感情好得難捨難分。

如花似玉：像花和玉一樣美好，形容女子容貌美麗出眾。

如狼似虎：像狼和虎一樣兇狠，形容非常兇殘。

如飢似渴：像餓了想吃，渴了想喝一樣，形容相當迫切。

5. 龍飛鳳舞

這組成語雖然沒有比喻詞，但是運用了比喻手法。

虎背熊腰：像虎一樣的背，像熊一樣的腰，形容身體魁梧健壯。

龍飛鳳舞：像龍和鳳飛舞一樣，形容書法流暢有力，靈活舒展。也有人用來形容人的字跡潦草，很難辨認。

作繭自縛：像蠶吐絲作繭，把自己困在裏面一樣，形容人自找麻煩。

狼吞虎嚥：像狼和虎吃東西一樣，形容吃東西又猛又急的樣子。

「通關遊樂場」答案

A. 鳥──巢　兔──窟　狗──窩　豬──圈

　　蛇──洞　虎──穴　牛──棚　馬──廄

B. 1.氣勢如虹　2.膽小如鼠　3.倒背如流

下列名詞，思考它們有甚麼特定的詞義。句子中填哪個詞語最合適？

1. 狼藉 / 蜂擁 / 猴急 / 蠶食 / 鯨吞

   放學鈴聲響起了，同學們成群結隊，☐☐☐☐ 來到校園餐廳。

2. 過街鼠 / 替罪羊 / 變色龍 / 老狐狸

   目前你是最大的嫌疑人，如果你不想成為 ☐☐☐，就把真相說出來吧！

3. 漏網魚 / 籠中鳥 / 地頭蛇 / 過江龍

   對手是 ☐☐☐☐☐，雖然遠道而來，但我們不能掉以輕心。

4. 醜小鴨 / 旱鴨子 / 夜貓子 / 三腳貓

   哥哥是個 ☐☐☐☐☐，他總是說晚上創作靈感更豐富。

5. 千里馬 / 一條龍 / 一窩蜂 / 三隻手

這間酒店提供當地景點旅遊的 [ ][ ][ ][ ] 服務，為客人帶來更多便利。

6. 半桶水 / 老古董 / 鐵飯碗 / 眼中釘

奶奶經常嘲笑自己是 [ ][ ][ ]，接受不了新事物。

7. 絆腳石 / 搖錢樹 / 保護傘 / 萬金油

劉經理資歷很深，是公司的 [ ][ ][ ]，每個部門的運作他都略知一二。

8. 炮筒子 / 傳聲筒 / 牆頭草 / 不倒翁

菁菁是個 [ ][ ][ ]，想到甚麼就說甚麼，但很少顧及別人的感受。

9. 門外漢 / 土皇帝 / 長舌婦 / 受氣包

對於潛水，我是個 [ ][ ][ ]，幸好潛水過程有教練陪同。

10. 頭啖湯 / 老油條 / 炒魷魚 / 放鴿子

我們本來約好今天去離島燒烤，因為一個人 [ ][ ][ ][ ]，現在活動取消了。

「牛市」和「熊市」

　　「牛市」和「熊市」是股市常用的詞彙，究竟股市的上升和下跌的走勢跟牛、熊有甚麼關係呢？

　　在英國都鐸王朝期間（距今約五百年前），盛行一種叫做「鬥牛」和「鬥熊」的活動。人們把牛或熊拴在一個木樁上，放出一群狗，觀看牠們與群狗搏鬥，以此娛樂。

　　牛在攻擊對手時，呈現俯衝姿態，把重心集中到頭部，用角從下而上抄起對方，把對方拋向高處。而熊則相反，熊通常全力撲向對方，用雙掌向下壓住對方，或俯下身子去鉗制對手。

　　牛和熊這兩種動物攻擊對手的方式截然不同，牛的攻擊是自下而上，熊的攻擊是由上而下，因此人們把股市行情持續上升稱為「牛市」，把行情持續下跌稱為「熊市」。「牛市」和「熊市」這兩個詞語，其實運用了比喻的修辭手法。

「油炸鬼」的故事

　　我們經常吃的「油炸鬼」又稱「油條」或「炸麵」，「油炸鬼」這個稱呼從何而來？為甚麼「油炸鬼」都是兩根黏在一起呢？

　　秦檜是中國古代臭名昭著的奸臣，他編造了一個不存在的罪名陷害愛國忠臣岳飛，當時的老百姓都很痛恨他。有一個賣燒餅的人，捏了兩個麵粉人，絞纏在一起油炸，一個代表秦檜，另一個代表秦檜的妻子王氏，這種食物取名為「油炸檜」（「檜」與秦檜的「檜」同音），表達了人們對秦檜行為的憤恨。這個人一邊炸一邊喊：「大家快來看，快來吃，『油炸檜』啦！」前來買「油炸檜」的人越來越多，大家覺得油炸檜不僅香脆可口，而且吃起來很解恨，很痛快！

　　後來，粵語和福建地方的方言把「油炸檜」稱為「油炸鬼」（「檜」與「鬼」諧音）。

通關遊樂場

A. 在日常生活中，我們習慣地從一些動物聯想到某種特殊的意義，例如龜、鶴象徵長壽。下列動物分別象徵甚麼？請連線。

鴿子・　　　　　　　　　・任重道遠

燕子・　　　　　　　　　・勇敢搏擊

喜鵲・　　　　　　　　　・勤勞無私

海鷗・　　　　　　　　　・乖巧伶俐

蜜蜂・　　　　　　　　　・和平友誼

駱駝・　　　　　　　　　・報春使者

黃牛・　　　　　　　　　・溫和善良

綿羊・　　　　　　　　　・吉祥如意

松鼠・　　　　　　　　　・任勞任怨

B.「打」字可以組成很多詞語，如打雷、打鼾、打氣，現在我們「打」起精神，用「打」字來打趣。（以「打」起頭，在方框內填字，組成詞語。）

1.

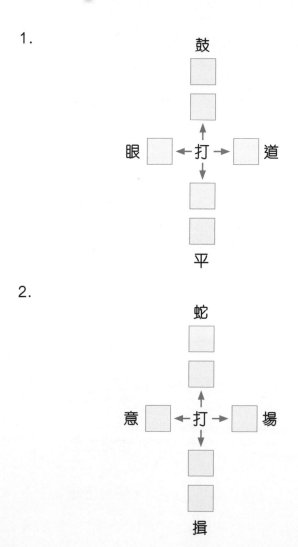

2.

一語道破

1. 蜂擁

    狼藉：據說狼墊着草來睡覺，起來時有意把草踏亂了，消滅痕跡。用狼踩踏過的草，比喻雜亂的樣子。

    蜂擁：蜂是群生昆蟲，成群結隊地活動，「蜂擁」比喻像蜂群一樣，擁擠着做某事。

    猴急：猴子性格好動，上躥下跳，急起來的時候抓耳撓腮，「猴急」比喻焦急做某事。

    蠶食：好像蠶蟲吃桑葉一樣，一點一點地侵吞。

    鯨吞：好像鯨吞食大量食物一樣，比喻侵吞大片土地，也比喻食量異常大。

2. 替罪羊

    過街鼠：「過街老鼠，人人喊打」，「過街鼠」比喻人人痛恨的壞人。

    替罪羊：古猶太教在贖罪日用羊祭祀，表示代人贖罪，因此「替罪羊」比喻代替別人受懲罰的人。

    變色龍：原指一種體色會因應環境變化而變色的蜥蜴，比喻自己的立場和原則不堅定，見風使舵的人。

    老狐狸：狐狸被認為是狡猾的動物，「老狐狸」比喻老謀深算，狡猾奸詐，心狠手辣的人。

3. 過江龍

    漏網魚：從魚網逃脫的魚，比喻僥倖逃脫的壞人或敵人。

籠中鳥：比喻受困或者失去自由的人。

地頭蛇：比喻當地有勢力的人物。

過江龍：比喻來自外地的，強有力的人物。在競技賽事中，經常用「地頭蛇」比喻主場的一方，「過江龍」比喻客場的對手，「過江龍不敵地頭蛇」意思是客方敗於主場方。

4. 夜貓子

醜小鴨：比喻不起眼，能力尚未發揮出來的人。

旱鴨子：從不下水的鴨子，比喻從來沒有游泳過的人。

夜貓子：本是一種類似貓頭鷹的貓，晚間行動，捉老鼠。「夜貓子」比喻晚上不睡覺，喜歡夜生活的人。

三腳貓：傳說有隻三腳貓，勤於捉老鼠，因為牠缺了一隻腳，走路不成樣子，於是人們稱事情不能盡善盡美為「三腳貓」，後來進一步比喻學藝不精，只懂一點點的人。

5. 一條龍

千里馬：比喻有才幹，出類拔萃的人。

一條龍：比喻事物首尾相接，連續不斷，每道工序完整相接。

一窩蜂：整個蜂巢裏的蜂全部出動，比喻一群人同時做某件事，形容盲目跟隨，場面亂哄哄，含貶義。

三隻手：比喻小偷、扒手。傳說北宋有「神偷」，偷竊技術出神入化，他像是比常人多了一隻手，令人防不勝防。

6. **老古董**

半桶水：用桶裏面的水比喻知識才學，「半桶水」就是水只裝了半桶，比喻學藝不精，知識才藝沒有學到家。

老古董：比喻思想守舊，守着老規矩不肯改變的人。

鐵飯碗：鐵做的飯碗，打不爛，比喻非常穩定的職位或工作，不用擔心失業。

眼中釘：眼睛很敏感，連細小的沙子也容不下，何況是一顆釘呢？「眼中釘」比喻心中最痛恨，最厭惡的人或東西。

7. **萬金油**

絆腳石：行走時絆倒人的石頭，比喻阻礙前進的障礙物。

搖錢樹：傳說中的一種寶樹，樹上結的果子就是錢，搖一搖樹錢就掉下來。「搖錢樹」比喻被利用生財的人或物。

保護傘：傘是遮陽擋雨的工具，「保護傘」比喻為不良現象或醜惡現象，提供幕後保護的勢力。

萬金油：原指一種適用範圍廣的清涼油，「萬金油」比喻樣樣事情都略知一二，但不精通。

8. 炮筒子

炮筒子：炮筒子的特點是直，炮從炮筒發出後，既響亮又有殺傷力。「炮筒子」比喻心直口快，性情暴躁的人。

傳聲筒：比喻只會傳達別人的話，自己毫無主見的人。

牆頭草：長在牆頭上的草，稍有風吹就搖晃。「牆頭草」比喻沒有主見，見風使舵的人，哪邊勢力大就往哪邊倒。

不倒翁：原指一種下重上輕，永遠站立不倒的玩具，比喻善於見風轉舵，順應時勢，總是立於不敗之地的人。

9. 門外漢

門外漢：原是佛教用語，指佛門以外的人，「門外漢」比喻外行人。

土皇帝：比喻稱霸一方的人。

長舌婦：比喻喜歡搬弄是非，在別人背後說三道四的人。

受氣包：比喻經常被人當作洩憤對象的人。

10. 放鴿子

頭啖湯：嚐味喝的第一口湯，「頭啖湯」比喻最先得到的利益。

老油條：油條是油炸的，當然油滑，「老油條」比喻世故圓滑，不厚道的人。

炒魷魚：舊時工人如果被老闆解僱了，只能捲起鋪蓋走人。有人發現。炒魷魚片的時候，魷魚片受熱就捲起來，與捲鋪蓋相似。因此「炒魷魚」比喻解僱，辭退。

放鴿子：古時候，人們用鴿子傳遞書信，據說曾經有人按照約定，等對方的信，但是對方只放了鴿子，沒有寄信。因此「放鴿子」比喻違背承諾，失約。

「通關遊樂場」答案

A.

鴿子	任重道遠
燕子	勇敢搏擊
喜鵲	勤勞無私
海鷗	乖巧伶俐
蜜蜂	和平友誼
駱駝	報春使者
黃牛	溫和善良
綿羊	吉祥如意
松鼠	任勞任怨

B. 1. 打眼色　打退堂鼓　打交道　打抱不平

　　2. 打主意　打草驚蛇　打圓場　打躬作揖

過關斬將

下列詞語都與交通或人體有關，在日常生活中，我們經常使用它們的比喻義。句子中填哪個詞語最合適？

1. **彎路 / 十字路口 / 下坡路 / 上坡路**

   只要我們目標明確，就不會在人生的 ☐☐☐☐☐ 徘徊，勇往直前。

2. **開夜車 / 開快車 / 開倒車 / 急剎車**

   剩下的工作還很多，很複雜，就算你 ☐☐☐☐，也不可能明天完成。

3. **頭班車 / 尾班車 / 直通車 / 里程碑**

   學校明年就要實行新的招生政策，姍姍算是坐了舊政策的 ☐☐☐☐ 。

4. **開綠燈 / 闖紅燈 / 方向盤**

   警方說，如果釋放了那些人，就等於向恐怖主義活動 ☐☐☐☐ 。

5. 肺腑 / 心血 / 骨肉 / 胃口

   畫師花了兩年的時間和 ⬚⬚⬚ ，才完成了這幅油畫。

6. 咽喉 / 頭目 / 嘴臉 / 骨幹

   這個迴旋處是整條路的 ⬚⬚⬚ ，若這裏出現交通擠
   塞，影響就會很大。

7. 口齒 / 心腸 / 首腦 / 心胸

   妹妹的 ⬚⬚⬚ 很軟，很容易上當受騙。

8. 腰桿 / 心肝 / 耳目 / 股肱

   儘管敵人 ⬚⬚⬚ 眾多，但是隊員們機智勇敢，出色
   完成了任務。

為甚麼要拍馬屁?

蒙古族是遊牧民族,對馬有特別的感情,馬匹也是他們的交通工具,家家戶戶以擁有駿馬為傲。據說,古代的蒙古人,在草原上與友人相遇,通常會互相看看對方的馬,以馬作為寒暄的話題。看到對方的好馬,他們會情不自禁地拍拍馬屁股,摸摸馬膘,稱讚一句:「好馬!」他們用這種方式表達友好。

元朝建立,蒙古人入主中原,元朝官員大多是武將出身,馬逐步成為權力、地位的象徵。有些人想要討好王公貴族,不管對方的馬匹是好是劣,都拍着馬屁股,諂媚地說:「大人有眼光!好馬!好馬!」

「拍馬屁」一詞就這樣流傳下來,比喻巴結逢迎的行為。

腹稿

王勃是唐朝詩人，他與其他三位詩人被人們稱為「初唐四傑」。他有名的的詩句——「海內存知己，天涯若比鄰。」一直被人們傳頌。王勃年少時已經很有才華，以神童身份被推薦到朝廷讀書，後來還當了官。

一次，朋友請王勃寫一篇文章，他答應在下午交稿。可是，王勃回到書房裏，並沒有動筆寫作，而是磨了一會兒墨，然後喝了幾口酒，竟然上牀躺下了。他用被子蒙頭，看上去呼呼大睡的樣子。事實上，他只是閉目養神，他的心裏正在構思文章，並沒有睡着。過了一陣子，他掀開被子，一躍而起，提起毛筆，一揮而就，完成一篇佳作。

王勃沒有用紙打草稿，而是採取靜心構思的方式，就如同在心中打草稿一樣，於是就有了「腹稿」一詞。「腹稿」比喻已經完成構思醞釀，但是沒有寫下來的文稿。

通關遊樂場

A. 以下是培根的名言，一些關鍵詞被抽出來了，
　　請你把這些詞正確的放回句中。

1. 明智　　2. 精密　　3. 聰慧　　4. 深刻

　　讀史使人 ☐ ☐ ，

　　讀詩使人 ☐ ☐ ，

　　演算使人 ☐ ☐ ，

　　哲理使人 ☐ ☐ ，

　　倫理學使人高尚，

　　邏輯修辭使人善辯。

B. 下列謎語，謎底都與人體結構、器官有關，
請猜猜看：

1. 左一片，右一片，兩片東西不相見。

2. 上邊毛，下邊毛，中間一粒黑葡萄。

3. 五個兄弟坐在一起，有骨有肉長短不一。

4. 路人甲路人乙，沒人知道他名字。

一語道破

1. **十字路口**

   彎路：彎曲不直的路，比喻因方法不對，而浪費了時間，白費了工夫，甚至遭遇挫敗。

   十字路口：兩條道路相交處，比喻處於為重大事情作出抉擇的關鍵時候。

   下坡路：向下傾斜的路，比喻向壞的方向發展。

   上坡路：向上傾斜的路，比喻向好的方向發展。

2. **開夜車**

   開夜車：夜間開車，比喻為了趕時間，利用夜晚休息時間，繼續學習或工作。

   開快車：提高車速，比喻盡量地加快工作進度。

   開倒車：車輛向後行駛，比喻違反事物發展規律，方向錯誤，令事情往倒退的方向發展。

   急剎車：急速剎車使車停止行駛，比喻立即停止某行動。

3. **尾班車**

   頭班車：第一班開出的車，比喻第一個嘗試的機會。

   尾班車：最後一班開出的車，比喻最後一個機會。

   直通車：直達終點站的車（中途不停站），比喻做某事最直接的途徑。

里程碑：設在道路邊，標示里數的碑，比喻事物發展過程中具有重大意義的事件。

4. 開綠燈

開綠燈：綠色信號燈亮了，表示汽車可以行駛，「開綠燈」比喻允許做某事。

闖紅燈：比喻強行去做被禁止的事情，明知故犯。

方向盤：操縱車輛行駛方向的裝置，比喻能影響事情發展方向的靈魂人物或信念。

5. 心血

肺腑：比喻人的內心深處。「肺腑之言」指發自內心的真誠話。

心血：比喻心思和精力。

骨肉：比喻至親，如父母、兄弟、子女。

胃口：比喻食慾、興趣或野心。

6. 咽喉

咽喉：比喻地形險要的交通要道，也比喻事物中最關鍵的地方。

頭目：比喻某些組織集團的帶頭人、負責人。

嘴臉：比喻事物的面貌，也比喻某些人的醜惡的行為和心理。

骨幹：骨骼主幹，比喻在團隊中最有影響力，起主要作用的人。

7. 心腸

口齒：比喻口才，表達能力。

心腸：比喻人的心地、情感。

首腦：比喻國家或政府的領導人。

心胸：比喻人的氣量，氣度。

8. 耳目

腰桿：比喻靠山，依靠的力量。

心肝：比喻最疼愛的人。

耳目：比喻暗中打探消息的人。

股肱：「股」指大腿；「肱」指手臂，「股肱」比喻得力幫手。

「通關遊樂場」答案

A. 1. 3. 2. 4.

B. 1. 耳朵 2. 眼 3. 手 4. 無名指

關聯詞

說到關聯詞，小宇覺得最難學了！到底這些一前一後的詞語，有甚麼作用？又應該怎樣運用它們呢？！

其實，關聯詞通常在一些比較複雜的句子中出現，它可以提示我們句子之間的關係。比如說「因為……所以……」這組關聯詞，表示了原因和結果的關係：因為用了關聯詞，所以兩個句子之間的關係就非常緊密，不能分開了！

常用的關聯詞，有以下八種類型：

並列、承接、遞進、選擇、轉折、假設、條件、因果。這八種關聯詞用在句子中，就足夠我們表達幾乎所有要說的話啦！如果我們能清楚辨認出這八種 不同類型，一定有助加深我們對句子意思的理解。

來，與小宇一起，征服這高難度的一關吧！

過關斬將

A. 請把下列表示並列關係關聯詞填入恰當的句子中:

一方面……一方面…… / 既……又…… /
一會兒……一會兒…… / 一邊……一邊…… /
有的……有的……

1. 在英國留學的日子裏,姐姐 ⬚⬚⬚⬚ 上學,
   ⬚⬚⬚⬚ 做兼職。

2. 媽媽新買的連衣裙,⬚⬚⬚⬚ 簡約 ⬚⬚⬚⬚
   優雅。

3. 玲玲 ⬚⬚⬚⬚ 跑上樓,⬚⬚⬚⬚ 跑下樓,
   找了半天還是沒找到手錶。

4. 下課了,同學們 ⬚⬚⬚⬚ 跑去操場玩,⬚⬚
   ⬚⬚⬚ 談天說地。

5. 醫生說,要健康地減肥,⬚⬚⬚⬚ 要均衡飲
   食,⬚⬚⬚⬚ 也要加強運動。

······於是······ / ······先······接着······ /
······首先······然後······ / ······一······就······ /
······才······

1. 如果電腦出現故障，我 ⬚⬚ 會嘗試自己解決
   問題，⬚⬚ 考慮請教別人。

2. 小峰對閱讀提不起興趣，⬚⬚ 看書 ⬚⬚ 想
   睡覺。

3. 課室裏的書架壞了，⬚⬚ 小芹拿來工具，和同
   學一起修理書架。

4. 爸爸下個月要到外地出差，⬚ 去美國 ⬚
   ⬚ 去新加坡。

5. 我今天務必要寫好作文，⬚⬚ 去同學家玩。

萬貨不全

　　現在我們稱大型的商場為「百貨公司」，原來這個稱呼有一個傳說。

　　一次，清朝的乾隆皇帝到江南遊玩。他打扮成普通百姓模樣，在大街上閒逛。他看到有家商店，招牌上寫着「萬貨全」。乾隆覺得商店取這個名字，太自大狂妄了，就決定進去捉弄一下店主。

　　乾隆皇帝告訴老闆，他要買一把金子打造的糞勺子。老闆說店裏只有鐵製的糞勺子，沒有金製的。老闆一邊尷尬地笑着，一邊說：「不好意思！小店沒有這樣的商品。」乾隆皇帝反問：「可是你的店不是叫『萬貨全』嗎？」老闆更難為情了，他心裏猜想這個客人也許是大官，於是硬着頭皮把招牌拆下來，並邀請這位客人為他的店改名。最終，乾隆皇帝把商店改稱「百貨全」。

　　從此，「百貨」商店的稱呼就流傳下來了。

真話假話

解縉是明朝「第一才子」，聰明而有才華。

一次，皇帝召見他，說：「人人都說你聰敏過人。朕要考考你，朕請左丞相說一句真話，請右丞相說一句假話，只允許你用一個字，把兩句話連成另一句假話，怎麼樣？」解縉答應了。

左丞相首先說了句真話：「皇上坐在龍庭上。」右丞相接着說了句假話：「老鼠捉貓。」這兩句話之間完全沒關係，怎樣用一個字連成一句假話呢？文武百官把目光都投向了解縉，等着看他怎樣回答。

只見解縉不慌不忙地答道：「皇上坐在龍庭上看老鼠捉貓。」簡直是不費吹灰之力！皇帝不甘心，又改口要求：「你再用一個字把剛才兩句話連成一句真話吧。」

解縉微微一笑，道：「皇上坐在龍庭上講老鼠捉貓。」

皇帝不得不點頭讚許。

通關遊樂場

A. 二字詞語接龍：請在方框中填字，所填的字與
前一個字和後一個字須分別構成詞。

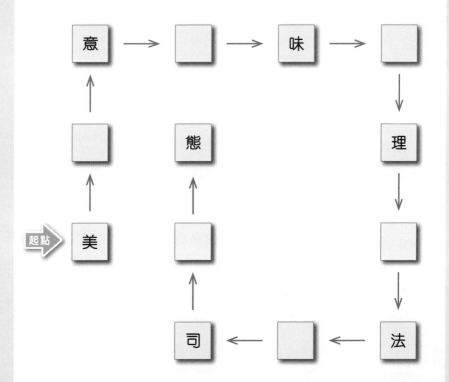

兄弟三人一起拜師求學，先生說，他要出一道題目考他們，誰答對了，就收誰做徒弟。先生在紙上寫了一句話：「一女牽牛過獨橋，夕陽落在方井上。」然後一言不發。後來老三在紙上寫了自己的名字「王文」，先生看了，留下老三做學生。其實先生那句話是一個謎語，請你也猜猜。

一語道破

A. 用「並列關係」關聯詞連接的各個句子之間，關係是平等並列的，沒有主次輕重的分別。

「一方面……一方面……」連接兩種相互聯繫的事物，或相互聯繫的兩種狀況。

「既……又……」表示兩種特點，或兩種情況兼有。

「一會兒……一會兒……」表示兩種行為動作交替進行。

「一邊……一邊……」表示同時做兩種行為，或兩種動作同時進行。

「有的……有的……」表示在整體裏，有一些不同的部分，分別列出它們各自的特點。

1. 在英國留學的日子裏，姐姐一邊上學，一邊做兼職。
2. 媽媽新買的連衣裙，既簡約又優雅。
3. 玲玲一會兒跑上樓，一會兒跑下樓，找了半天還是沒找到手錶。
4. 下課了，同學們有的跑去操場玩，有的談天說地。
5. 醫生說，要健康地減肥，一方面要均衡飲食，一方面也要加強運動。

B. 用「承接關係」關聯詞連接的事情或動作，是有步驟的，有先後之分，次序不能掉亂。

「……於是……」表示後一事承接着前面所說的另一事進行。

「……**先**……**接着**……」表示有先後之分，「先」引出第一步要做的；「接着」引出第二步要做的。

「……**首先**……**然後**……」表示有先後之分，「首先」引出第一步要做的；「然後」引出第二步要做的。

「……**一**……**就**……」表示兩個行為動作發生很緊湊，前一個行為一旦發生，第二個行為就馬上出現。

「……**才**……」表示後一事跟着前面所說的另一事進行。

1. 如果電腦出現故障，我首先會嘗試自己解決問題，然後考慮請教別人。

2. 小峰對閱讀提不起興趣，一看書就想睡覺。

3. 課室裏的書架壞了，於是小芹拿來工具，和同學一起修理書架。

4. 爸爸下個月要到外地出差，先去美國接着去新加坡。
（「……首先……然後……」亦可）

5. 我今天務必要寫好作文，才去同學家玩。

「通關遊樂場」答案

A. 美滿→滿意→意趣→趣味→味道→道理→理想→想法→
　　法官→官司→司儀→儀態

B. 謎底是：姓名
　　「一女牽牛過獨橋」——姓
　　「夕陽落在方井上」——名

過關斬將

A. 請把下列遞進關係關聯詞填入恰當的句子中：

……還…… / ……除了……還…… /
……不但……而且…… / ……甚至…… /
……何況……

1. 欣欣多才多藝，□□□能歌善舞，□□□通曉三個國家語言。

2. □□□這一套書，你□□□可以推薦其他的書給我參考嗎？

3. 爸爸要加班，媽媽把家務都做好了，□□□留了美味的糖水給爸爸。

4. 這次考試難度很大，連學習最好的小明都考不好，□□□是我？

5. 昨晚連場大雨導致多處地方水浸，有些低窪地方□□□積水及腰。

要麼……要麼…… / ……是……還是…… /
……與其……不如…… / ……不是……就是…… /
……寧可……也不……

1. 我馬上就要訂飛機票了，你究竟 ⌐ ⌐ 去
⌐ ⌐ 不去？

2. ⌐ ⌐ 你讓一步，⌐ ⌐ 他退一步，你們這樣
爭執下去不能解決問題。

3. 我們 ⌐ ⌐ 在這裏守株待兔，⌐ ⌐ 到外面主
動尋找機會。

4. 這個小弟弟反應快，口才好，將來 ⌐ ⌐ 律師，
⌐ ⌐ 節目主持人。

5. 我們要注重飲食健康，⌐ ⌐ 嚥幾 ⌐ ⌐ 唾
液，⌐ ⌐ 吃垃圾食品。

潑墨塗鴉

唐代詩人盧仝（與「同」字同音），他的兒子名叫添丁，是個頑皮好動的孩子，好奇心特別重，看到甚麼東西都要摸一摸，玩一玩。

一天，盧仝在書房裏看書寫字，累了，靠在椅子上打瞌睡。不一會，他聽到一陣清脆的孩童歡笑聲，醒來一看，原來添丁正抓着他的毛筆，在書卷上亂塗亂畫，樂在其中。

盧仝見到兒子的「傑作」，不但心裏高興，而且詩興大發，寫下了詩句：「忽來案上翻墨汁，塗抹詩書如老鴉。」原來他覺得兒子用墨汁在詩書上亂塗的「傑作」，就像一隻的大烏鴉，有趣極了。

這個故事正是「塗鴉」一詞的起源。

太守為誰「下榻」?

　　漢朝太守陳蕃，為人正直清廉，行為端正，幾乎不在自己家裏招待賓客。但是，有一個人是例外，這人名叫徐稚。徐稚很有才華，為人低調，很多人都賞識他的見識才學，推薦他做官。但是徐稚厭惡黑暗的官場，他寧可依靠耕種維持着清苦生活，也不願意接受官職。

　　陳蕃也因此更敬重徐稚，為了可以和徐稚長時間談心交流，陳太守在家裏為他設了一張榻（矮牀），徐稚來做客時，就把榻放下來，供他休息。徐稚一旦離開，陳太守就把榻懸掛起來，其他人不可以使用。

　　陳蕃專為徐稚「下榻」的舉動，充分體現了他對徐稚的賞識和重視。後來，「下榻」一詞演變為投宿、住宿的意思。

通關遊樂場

A. 看圖猜成語：

1.

2.

3.

B. 古詩經常使用疊詞，請你把以下疊詞帶回詩中。

時時 / 蕭蕭 / 悠悠 / 恰恰 / 滾滾 / 紛紛

1.   念天地之 ⸤ ⸥⸤ ⸥，獨愴然而涕下。

2.   無邊落木 ⸤ ⸥⸤ ⸥下，不盡長江 ⸤ ⸥⸤ ⸥來。

3.   清明時節雨 ⸤ ⸥⸤ ⸥，路上行人欲斷魂。

4.   留連戲蝶 ⸤ ⸥⸤ ⸥舞，自在嬌鶯 ⸤ ⸥⸤ ⸥啼。

一語道破

A. 用「遞進關係」關聯詞連接的分句之間，是進一步的關係，後一種情況比前一種情況或者更嚴重，或者更深刻，或者更難得。

「……還……」表示在某種程度上，有所增加。

「……除了……還……」表示在前一句的基礎上，「還」提出了進一步的請求。

「……不但……而且……」表示不單有前一種情況，還有後一種情況，程度更進一步。

「……甚至……」提出更為突出的事例。

「連……何況……」後面一個句子說的情況程度更進一步，而且常常用了反問的形式表達。

1. 欣欣多才多藝，不但能歌善舞，而且通曉三個國家語言。
2. 除了這一套書，你還可以推薦其他的書給我參考嗎？
3. 爸爸要加班，媽媽把家務都做好了，還留了美味的糖水給爸爸。
4. 這次考試難度很大，連學習最好的小明都考不好，何況是我？

5. 昨晚連場大雨導致多處地方水浸，有些低窪地方甚至積水及腰。

B. 各個句子列出兩種或兩種以上的情況，用「選擇關係」關聯詞連接，表示要從中選擇一種。

「**要麼⋯⋯要麼⋯⋯**」表示有兩種做法可供選擇。

「**⋯⋯是⋯⋯還是⋯⋯**」表示要從兩種選擇中，抉擇一個。

「**⋯⋯與其⋯⋯不如⋯⋯**」表示衡量兩種情況的利害得失，有所取捨，「與其」引出捨棄的一面，「不如」引出選取的一面。

「**⋯⋯不是⋯⋯就是⋯⋯**」表示兩種情況都有可能發生。

「**⋯⋯寧可⋯⋯也不⋯⋯**」表示衡量兩種情況的利害得失，要有所取捨，「寧可」引出選取的一面，「也不」引出捨棄的一面。

1. 我馬上就要訂飛機票了，你究竟是去還是不去？

2. 要麼你讓一步，要麼他退一步，你們這樣爭執下去不能解決問題。

3. 我們與其在這裏守株待兔，不如到外面主動尋找機會。

4. 這個小參賽者反應快，口才好，將來不是律師，就是節目主持人。

5. 我們要注重飲食健康，寧可嚥幾口唾液，也不吃垃圾食品。

過關斬將

……卻…… / 雖然……但是…… /
不但不……反而…… / 儘管……還是…… /
……然而……

1. 聚會一個星期前就約定了，小迪 ⌐ ⌐ ⌐ 臨時失約，大家都很失望。

2. 動物園裏的動物，不愁吃不愁住，⌐ ⌐ ⌐ 牠們是否真正開心？

3. ⌐ ⌐ ⌐ ⌐ 近來天氣不穩定，同學們 ⌐ ⌐ ⌐ 很期待校運會能如期進行。

4. 樂樂的眼睛 ⌐ ⌐ ⌐ 小小的，⌐ ⌐ ⌐ 看起來很甜美。

5. 琪琪把小津的筆盒撞到地上了，琪琪 ⌐ ⌐ ⌐ ⌐ 道歉，⌐ ⌐ ⌐ 責怪小津沒有把筆盒放好。

如果……就……/ 哪怕……也……/
要是……就……/ 假如……/ 即使……也……

1. ☐☐☐ 下午颱風下雨,我們 ☐☐☐ 要取消渡船遊湖的計劃了。

2. ☐☐☐ 老師不提醒,我 ☐☐☐ 記得明天是交作文的最後限期。

3. ☐☐☐ 你再來遲一點, ☐☐☐ 錯過最精彩的節目了。

4. 健健上課很不專心,課室裏 ☐☐☐ 有一隻蒼蠅飛過,他 ☐☐☐ 會發現。

5. ☐☐☐ 再給我三天時間,我會把計劃書修改得更加完美。

「沒良心」的木頭人

魯班是古時一位手藝高超的木匠，向他拜師學藝的人很多。

一次，魯班製了一個木頭人，手工精細，而且可以靈活走動、做事。一個徒弟見到這個木頭人，非常羨慕，希望自己也能做一個。但徒弟心裏明白，師傅即使要傳授製作木頭人的秘訣，也不會傳授給他。於是，他偷偷地量了木頭人的尺寸比例，畫下草圖，回家模仿着做木頭人。雖然木頭人做出來了，但是一動也不能動。

魯班知道後，把這個徒弟叫到跟前，說：「你量了木頭人的外在尺寸，可是你有沒有量心呢？」「量心？」徒弟愣住了：「沒有。」

魯班哈哈大笑：「你沒量心，木頭人怎麼會動呢？」魯班師傅說的「沒量心」，意思是指徒弟沒有弄明白木頭人內部構造的秘密。後來「沒量心」一詞演變為「沒良心」，形容忘恩負義，或缺乏善心的人。

劉墉與和珅互諷

劉墉外號「劉羅鍋」，據說因為他駝背而得此外號。他與和珅都是清朝乾隆皇很喜愛的大臣，二人卻經常互有明爭暗鬥。一次他們走在花園裏，看見池塘裏有隻烏龜，和珅靈機一動，想捉弄劉墉，說：「劉大人，你看看那隻烏龜，如果牠的背上沒有那個殼兒，那麼一定會輕鬆很多吧！」

劉墉一聽就知道和珅用烏龜殼兒諷刺自己的駝背。他一點也不生氣，笑着說：「和大人有所不知啊！假若烏龜不背那殼的話，恐怕是因為不「合身」了！」（普通話「合身」與「和珅」同音。）劉墉這句回應的話，針鋒相對，言下之意：沒有我劉羅鍋，也不會有你（和珅）。

通關遊樂場

A. 左邊的每組字看上去沒有聯繫，請你給它們施展魔法，給它們加上同一個偏旁，使它們成為一個詞語。

例：丘引 ⇨ 蚯蚓

1. 離巴 ⇨ 　　

2. 昏因 ⇨ 　　

3. 分付 ⇨ 　　

4. 幾我 ⇨ 　　

5. 乏艮 ⇨ 　　

6. 馬義 ⇨

B. 一個牧師擅長寫幽默的悼詞，其中一篇是這樣寫的，請你猜猜死者生前是做甚麼的。（從下面三幅圖中選出你認為適合的一幅）

他是一個勤勞的人，別人睡覺的時候，他最忙碌；他是一個勇於冒險的人，飛簷走壁，最愛爬牆壁和水渠；他是一個十分節省的人，從來不用自己口袋的錢，只用別人口袋的錢。

應選第 ☐ 幅圖，他是一個 ☐☐☐ 。

1.

2.

3.

一語道破

A. 用「轉折關係」關聯詞連接的分句，後面的分句不是順延着前面分句意思發展下去，而是拐了一個彎，意思發生轉折。

「……卻……」表示句子的意思發生轉折。

「雖然……但是……」這個關聯詞中，表示轉折的是「但是」。

「不但不……反而……」這個關聯詞中，表示轉折的是「反而」。

「儘管……還是……」這個關聯詞中，表達某種熱烈的追求或堅定的信念，沒有因為出現困難而改變。

「……然而……」表示句子的意思發生轉折。

1. 聚會一個星期前就約定了，小迪卻臨時失約，大家都很失望。
2. 動物園裏的動物，不愁吃不愁住，然而牠們是否真正開心？
3. 儘管近來天氣不穩定，同學們還是很期待校運會能如期進行。
4. 樂樂的眼睛雖然小小的，但是看起來很可愛。
5. 琪琪把小津的筆盒撞到地上了，琪琪不但不道歉，反而責怪小津沒有把筆盒放好。

B. 用「假設關係」關聯詞連接的句子，一個句子假設某種情況，另一個句子描述在這種假設情況下的結果。

「如果……就……」這個關聯詞語，「如果」表示假設；「就」引出結果。

「哪怕……也……」這個關聯詞語，「哪怕」表示假設；「也」引出結果。

「要是……就……」這個關聯詞語，「要是」表示假設；「就」引出結果。

「假如……」表示假設。

「即使……也……」這個關聯詞語，「即使」表示假設；「也」引出結果，而且強調結果是一定會出現的。

1. 如果下午颳風下雨，我們就要取消渡船遊湖的計劃了。

2. 即使老師不提醒，我也記得明天是交論文的最後限期。（「哪怕……也……」也可）

3. 要是你再來遲一點，你就錯過最精彩的節目了。

4. 健健上課很不專心，課室裏哪怕有一隻蒼蠅飛過，他也會發現。

5. 假如再給我三天時間，我會把計劃書修改得更加完美。

「通關遊樂場」答案

A. 1.籬笆 2.婚姻 3.吩咐 4.飢餓 5.眨眼 6.螞蟻

B. 3.小偷

第13關

過關斬將

A. 請把下列條件關係關聯詞填入恰當的句子中：

無論……都…… / 每當……就…… / 只要……就…… /
不管……都…… / 只有……才……

1. 小傑是個小車迷，□□□□是關於汽車的話題，他
   □□□□能說個不聽。

2. □□□□公司的正式員工，□□□□能享受這些福
   利。

3. □□□□我回家推開門，小狗□□□□跑到我腳旁
   迎接我。

4. □□□□下屬是否贊成主任的意見，主任□□□□
   會堅持這個方案。

5. □□□□家人怎麼勸說，小齊□□□□堅持出國留
   學，決心到外面闖一闖。

因為……所以……/ 既然……那麼……/
由於……因此……/ 之所以……是因為……/
……因此……

1. 這個地方 ⃞⃞⃞⃞ 讓我流連忘返，⃞⃞⃞
⃞ 這裏寧靜舒適的環境。

2. ⃞⃞⃞⃞ 這個週末大家都忙，⃞⃞⃞⃞ 燒烤
活動推遲吧。

3. ⃞⃞⃞⃞ 明天去秋遊，⃞⃞⃞⃞ 弟弟興奮得
睡不着覺。

4. 莉莉想參加班長競選，⃞⃞⃞⃞ 她正在認真地
寫演講稿。

5. ⃞⃞⃞⃞ 妹妹的個子矮小，⃞⃞⃞⃞ 她無法
看清人群裏面究竟發生了甚麼事。

敲竹槓

清代末年，很多人吸食鴉片煙上癮，不但令身體變得很差，更讓不少人花光了家裏的金錢。朝廷下了決心宣佈禁煙，各地嚴格查禁煙土（未經熬製的鴉片）。但是由於販賣鴉片的人能賺到很多錢，一些船家仍然冒着被問罪的危險，偷運煙土。他們把煙土藏在用來搬運貨物的竹槓中，或者藏在划船的竹篙裏。

一天，負責查禁的官員上一艘船搜查，發現竹槓相當可疑，用東西敲了幾下，聲音低沉。船家眼看事情馬上要敗露，趕緊把銀兩塞給官員，要賄賂他。果然，官員收下銀兩，就好像甚麼都沒發現一樣，放下竹槓，沒有處罰船家。

此後，只要官員上船敲一敲竹槓，船家就自覺地送上銀兩。「敲竹槓」這個詞流傳開來，比喻勒索錢財的行為，後來進一步引申為故意抬高物價的意思。

買東西

　　朱熹是中國古代南宋時期大名鼎鼎的學者，他的一個同鄉好友名叫盛溫和，也是一個博學多才的人。

　　一次，朱熹在路上遇到盛溫和，他正提着一個籃子，朱熹問：「你要去哪裏？」盛溫和回答：「我去買點東西。」朋友這個回答突然引起了朱熹刨根問底的興趣，朱熹問：「為甚麼說『買東西』，而不說是『買南北』呢？」

　　盛溫和笑了笑，說：「金、木、水、火、土——五行，你知道吧？」朱熹說：「我知道呀！」盛溫和繼續說：「東方屬木；西方屬金；南方屬火；北方屬水；中間屬土。因為我的竹籃子，裝火會燒掉，裝水會漏掉，裝土會撒一地，只能裝木和金，所以說『買東西』不說『買南北』。」

　　朱熹聽了連連點頭：「有道理，有道理。我今天又有收穫了！」

A. 古詩是有色彩的，因為當中使用了表示色彩的詞語，請你把以下色彩詞語帶回詩中。

碧　紅　蒼　綠　白　青　黑

1. 日暮 [　] 山遠，天寒 [　] 屋貧。

2. [　] 箬笠，[　] 蓑衣，斜風細雨不須歸。

3. 月 [　] 雁飛高，單于夜遁逃。

4. 接天蓮葉無窮 [　]，映日荷花別樣 [　]。

通關遊樂場

B. 用文字模擬動物發出的聲音，是有講究的。請把左邊擬聲詞與右邊動物搭配起來：

咩咩 ·   · 鳥

嘎嘎 ·   · 貓

喳喳 ·   · 狗

喵喵 ·   · 牛

喔喔 ·   · 蛙

哞哞 ·   · 羊

汪汪 ·   · 鴨

呱呱 ·   · 公雞

一語道破

A. 用「條件關係」關聯詞連接的分句，前一個句子列出條件，後一個句子說明在這種條件下出現的結果。

「**無論**……**都**……」和「**不管**……**都**……」這兩個關聯詞比較特別，表示沒有甚麼條件能影響後面的結果。

「**每當**……**就**……」這個關聯詞語，「**每當**」表示條件；「**就**」引出結果。

「**只要**……**就**……」這個關聯詞語，「**只要**」表示條件；「**就**」引出結果。

「**只有**……**才**……」這個關聯詞語，「**只有**」表示必須的條件；「**才**」引出結果。

1. 小傑是個小車迷，只要是關於汽車的話題，他就能說個不停。
2. 只有公司的正式員工，才能享受這些福利。
3. 每當我回家推開門，小狗就跑到我腳旁迎接我。
4. 無論下屬是否贊成主任的意見，主任都會堅持這個方案。（「不管……都……」也可）
5. 不管家人怎麼勸說，小齊都堅持出國留學，決心到外面闖一闖。（「無論……都……」也可）

B. 用「因果關係」關聯詞連接的句子，前一個句子說明原因，後一個句子說明結果。

「**因為**……**所以**……」這個關聯詞語，「因為」引出原因在前；「所以」引出結果在後。

「**既然**……**那麼**……」這個關聯詞語，「既然」引出原因在前；「那麼」引出結果在後。

「**由於**……**因此**……」這個關聯詞語，「由於」引出原因在前；「因此」引出結果在後。

「**之所以**……**是因為**……」這個關聯詞語，「之所以」引出結果在前；「是因為」引出原因在後。

「**因此**」一詞引出結果，雖沒有明顯的關聯詞，但通常「因此」前的一個句子表示了引致結果的原因。

1. 這個地方之所以讓我流連忘返，是因為這裏寧靜舒適的環境。

2. 既然這個週末大家都忙，那麼燒烤活動推遲吧。

3. 因為明天去秋遊，所以弟弟興奮得睡不着覺。（「由於……因此……」也可。）

4. 莉莉想競選班長一職，因此她正在認真地寫演講稿。

5. 由於妹妹的個子矮小，因此她無法看清人群裏面究竟發生了甚麼事。（「因為……所以……」也可。）

「通關遊樂場」答案

A.　1. 日暮蒼山遠，天寒白屋貧。

　　2. 青箬笠，綠蓑衣，斜風細雨不須歸。

　　3. 月黑雁飛高，單于夜遁逃。

　　4. 接天蓮葉無窮碧，映日荷花別樣紅。

B.
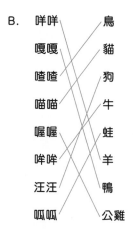

咩咩　　鳥
嘎嘎　　貓
喳喳　　狗
喵喵　　牛
喔喔　　蛙
哞哞　　羊
汪汪　　鴨
呱呱　　公雞

商務印書館(香港)有限公司
THE COMMERCIAL PRESS (H.K.) LTD.

階梯閱讀空間

階梯式分級照顧閱讀差異

◆ 平台文章總數超過3,500多篇，提倡廣泛閱讀。

◆ 按照學生的語文能力，分成十三個閱讀級別，提供符合學生程度的閱讀內容。

◆ 平台設有升降制度，學生按閱讀成績及進度，而自動調整級別。

結合閱讀與聆聽

◆ 每篇文章均設有普通話朗讀功能，另設獨立聆聽練習，訓練學生聆聽能力。

◆ 設有多種輔助功能，包括《商務新詞典》字詞釋義，方便學生學習。

鼓勵學習‧突出成就

◆ 設置獎章及成就值獎勵，增加學生成就感，鼓勵學生活躍地使用閱讀平台，培養閱讀習慣，提升學習興趣。

如要試用，可進入：http://cread.cp-edu.com/freetrial/

查詢電話：2976-6628
查詢電郵：marketing@commercialpress.com.hk
「階梯閱讀空間」個人版於商務印書館各大門市有售